Mark Sarg

Der Papst als Froschkönig

Mark Sarg

Der Papst als Froschkönig

Bizarre Kurzgeschichten

Goldene Rakete Verlag für Belletristik

Imprint

Cover image: www.ingimage.com

Publisher:
Goldene Rakete Verlag für Belletristik
is a trademark of
International Book Market Service Ltd., member of OmniScriptum Publishing Group
17 Meldrum Street, Beau Bassin 71504, Mauritius

Printed at: see last page
ISBN: 978-620-2-44511-5

INHALTSVERZEICHNIS

DIE SELBSTERNANNTE LEICHE

Völlig ungeniert trat Mrs. Emmy Schauderbichl überall als Leiche auf, obwohl sie in Wahrheit nichts dergleichen war. Sie wünschte bloß schon ***vor*** der Zeit interessant und wichtig zu erscheinen.

Doch als sie dann wirklich gestorben war, fand sie es plötzlich viel eindrucksvoller, sich als **Lebende** zu deklarieren.

Geholfen hat ihr letztlich beides nichts. Man nahm ihr in der Tat weder das eine noch das andere jemals so richtig ab. Selbst im gerade vorherrschenden Zustande …

DAS FESCHE PERSÖNCHEN

Ein fesches Persönchen trug immer ein fesches Hütchen auf dem Köpfchen.

Als es gestorben war, und man ihm ehrfürchtig das Hütchen abnehmen wollte, musste man feststellen, dass es mit diesem offenbar von Geburt an ***verwachsen*** war.

Nun wusste man endlich auch, ***weshalb*** es so überaus fesch gewesen war!

DAS FRÄULEIN MAMA

„Wie geht es denn dem Fräulein Mama?“, pflegte die streng katholische Geheimratswitwe Annabella Luftschrank die kleine Nachbarstochter Kathi mit spitzem Unterton zu fragen.

Denn sie konnte und wollte bis zuletzt nicht glauben, dass die ***un***verheiratete Modistin Mechthild Leuchtstrumpf **wirklich** deren Mutter war.

DER SCHLEICHENDE TEUFEL

Ein Teufel schlich so lange um eine Kirche herum, bis sich der Pfarrer seiner endlich erbarmte – und gemeinsam mit ihm zur Hölle fuhr.

DAS ASYMMETRISCHE GESCHÖPF

Beim morgendlichen Verlassen ihrer Villa fand die renommierte Modeschöpferin Madame Arlette de la Bartblum auf dem Gartenzaun hockend ein Geschöpf mit drei Köpfen vor, von denen der linke mit einem Steirerhut bedeckt war.

„Mein Gott, wie sieht ***das*** denn aus!“, urteilte sie sogleich mit strenger, fachmännischer Miene, „Sie sind ja völlig asymmetrisch!“ Und sie nahm den Hut ab, in der Absicht, ihn auf dem Mittelkopfe zu platzieren, sah jedoch, dass sich darunter keine Haare befanden.

„Auch gut.“ Unverzagt und voller Impetus holte sie ihr Rasierzeug aus dem Haus, um auch die übrigen Köpfe kahlzuscheren. Aber dieses wusste das Geschöpf äußerst **wirksam** zu verhindern, indem es mit den äußeren Gebissen ihre Hände zur Räson rief, und das mittlere drohend fletschte – falls sie noch weitere modische Versuche wagte.

Doch waren Madame nun ohnehin gründlichst verstimmt. Sie forderte ihren „Kunden“ barsch auf, sich gefälligst einen **anderen** Berater zu suchen – und ließ ihn einfach sitzen.

DER MARODE MORD

Ein Mord war so marode von seiner langjährigen Berufspraxis, dass er sein Handwerk beim besten Willen nicht mehr ausüben konnte.

Er ging in Frührente – und hat sich seither zur Gänze dem Wohle der **Kirche** verschrieben, wo er sich insbesondere durch das Verfassen überaus strenger Gebetbücher auszeichnet ...

DER MODERATE MORD

Ein Mord verstand sich selber als durchaus moderat. Er mordete nur, wenn ihm dies von seinen Vorgesetzten, etwa bei militärischen Kampfeinsätzen, ausdrücklich **befohlen** wurde oder er andernfalls sein eigenes Leben riskiert hätte.

Warum er sich dann trotzdem als „Mord“ definierte? Dies verlangte seine soldatische Aufrichtigkeit – und vor allem seine Selbsterkenntnis ...

„BESCHWATZEN SIE MICH!“

„Beschwatzen Sie mich bitte!“, drängte mit Unschuldsmiene beim Stöbern in einem Bücherladen Madame Ida Kreischvogel den netten Monsieur Anselme Kriechnagel.

Kaum aber hatte er willfährig über das Wetter und anderes Bedeutsames zu räsonieren begonnen, ließ sie ihn unvermittelt mit arrogantem Blicke stehen und schritt hoch erhobenen Hauptes siegesbewusst davon.

Denn gerade hatte die frische Absolventin eines Seminars zur Stärkung des Selbstvertrauens zum allerersten Male einen Mann zurückgewiesen! Allerdings war dieser – nach ihrem unseligen Gatten Sylvain – auch erst der zweite, den sie überhaupt kennenlernte …

„BESCHWATZEN SIE MICH NICHT!“

„Beschwatzen Sie mich nicht!“ Beharrlich verbat sich Lady Dinah Greenhammer die Besuche eines Papageis, der seit einigen Tagen äußerst hartnäckig auf ihrem Fensterbrett erschien, um munter und unaufhörlich draufloszuplappern.

Sie ahnte ja nicht, dass es sich um ihren wiedergeborenen Ehemann Ross handelte – der dieserart verzweifelt versuchte, einiges an Kommunikation nachzuholen, was er vordem versäumt hatte …

„BESCHWATZEN SIE SICH!“

„Beschwatzen Sie sich möglichst gründlich beim morgendlichen Aufstehen, damit Sie nicht versehentlich gleich wieder einschlafen!“

Ohnehin in einen Dauerclinch verstrickt mit ihrer Trägheit, erprobte die pensionierte Amtsrätin Hupinia Kugelhupf dies mit enormer Unternehmungslust – aber so monotoner Stimme, dass sie hiervon erst recht erschlaffte und desto rascher erneut ins Bett fiel.

„Sind alle nichts wert, diese verdammten Ratgeber!“ Erzürnt warf sie denselben aus dem Fenster, als sie mittags dann doch endlich wach war – und legte sich am gleichen Tage den neuesten der Gattung zu: „Wie ich mich dem Geschwätz der Wellnessliteratur wirklich **nachhaltig** entziehe“ von Marquis Halbzwirn Sturmpapst.

Der im Nu vergriffen war – und ihr auch nicht half.

„BESCHWATZEN SIE SICH NICHT!“

„Beschwatzen Sie sich doch nicht ständig!“ Zutiefst genervt unterbrach Miss Alicia Guckloch das unverständliche Dauergemurmel ihrer Zugnachbarin Else Wurmteufel.

Worauf ihr diese eine schallende Ohrfeige mit dem Hinweis verpasste: „Danken Sie **Gott**, dass ich unentwegt meine frommen Gebete verrichte. Sonst hätte ich noch etwas ganz **anderes** angestellt mit Ihnen!“

DAS AUFRICHTIGE GESCHÖPF

Ein aufrichtiges Geschöpf verneigte sich vor jedem und sprach ihm sein aufrichtiges Mitgefühl aus – ehe es ihn in aufrichtiger Zuneigung verschlang.

DAS UNAUFRICHTIGE GESCHÖPF

Ein unaufrichtiges Geschöpf versprach jedem die Ehe und hielt sich nicht daran.

Und hatte es sich dann doch einmal dazu herabgelassen, versprach es dem bedauernswerten Opfer die heißersehnte Scheidung – und hielt sich erst ***recht*** nicht daran!

DIE GRASHÜPFERIN ODER

DAS PHÄNOMEN DER LEBENSFREUDE

Als nachgerade ***einzig***artiges Phänomen der Menschheitsgeschichte gilt ***heute*** schon, völlig zu Recht, Mademoiselle Colette Wildlaus – obwohl ihre weitere Entwicklung noch gänzlich unabsehbar ist.

Seit Jahrhunderten hüpft sie von früh bis spät vor Freude im Gras umher – und hat dabei völlig aufs **Sterben** vergessen ...

DAS SARGBABY

Ein Baby erblickte in einem Sarg das „Licht“ der Welt. „Na, wenn so die Erde aussieht, verabschiede ich mich am besten gleich wieder!“, beschloss es leichten Herzens und gab im selben Augenblick auch schon den Geist auf.

Um eine ***un***schätzbare Erfahrung reicher …

DER SARGTEUFEL

Ein Teufel hauste in einem schmucken, einladenden Sarg in einer frequentierten Gegend – und jeder, der „diskret“ hineinguckte – was bei der sprichwörtlichen Neugier der Leute natürlich nahezu unentwegt der Fall war –, hielt den Einwohner für eine „arme Leiche“, verharrte kurz in stiller Andacht und sandte ihm ein kleines Gebet.

Und genau dies war nun das **Signal**, auf welches er gelauert hatte. Triumphierend sprang der „Angebetete“ heraus, dankte für das fromme Interesse – und meldete den Betreffenden schnurstracks seinem Chef!

Kein Wunder, dass dessen „Aspiranten-Index“ mit solchen Methoden immer umfangreicher wurde …

DAS GEHEIMNIS DER POLITIK

Sein Leben lang beschäftigte den Vollblutpolitiker Sir Lazarus Hirngfrett brennend die Frage, ***was*** denn die Politik für Jung und Alt immer aufs Neue so ungemein spannend und vor allem ***menschlich*** macht.

Aber erst in seinem Ehrengrabe, mit dem notwendigen zeitlichen Abstand, fiel ihm dann endlich die Lösung ein: Die ***Lüge*** und der ***Unverstand***!

Nun schämte er sich ganz gehörig – und gelobte aufrichtig Besserung.

DIE GRANDIOSE WAHRHEIT

Die grandiose **Wahrheit** über sein ganzes Leben wurde Baron Jean-Claude Schlaffsack erst auf dem ***Toten***bette zuteil:

Er **hatte** offenbar gar nicht gelebt – denn erst ***jetzt*** begann er so richtig aufzuleben ...

„MEINE FRAU, DIE GEISTERBAHN“

Von einer Geisterbahn auf dem Jahrmarkt von Hinterhausen war der Multimillionär Kladonius Rüsselhirn auf Anhieb dermaßen hingerissen, dass er sie vom Fleck weg kaufte – und ehelichte. Immerhin hatte sie ihn das Fürchten gelehrt, was zuvor noch niemandem gelungen war.

Glücklich und zurückgezogen lebte er fortan in ihr, bis er in ihrem Schoße den Geist aufgab. Von da ab war er nun selber ihre Hauptattraktion – und sie landete bald wieder auf dem Rummelplatz.

Damit teilt sie übrigens das Los gar nicht weniger Witwen, die zuvor ihre Gatten das „Fürchten lehrten“ …

DER REVOLUTIONÄRE SARG

Ein Sarg ging als **Revolutionär** in die Geschichte ein. Er ließ sich formell ganz ***ohne*** Leiche, nur zum **Privatvergnügen** beisetzen!

Gut, dass dies, bis dato wenigstens, nicht weiter Schule machte und – von einigen Ausnahmen natürlich abgesehen – auf **andere** Gattungen übergriff ...

DER TALENTIERTE NAGEL

Ein Nagel war so talentiert, dass er den Leuten, die ihn nutzen wollten, stets zuvorkam – und ***sie*** auf den Kopf schlug!

Weshalb er sich noch heute seiner uneingeschränkten Freiheit erfreut.

DER PAPST ALS FASCHINGSKRAPFEN ODER DIE GLORREICHE VERGANGENHEIT

Begehrt als köstlicher Krapfen von Jung und Alt, und das nicht nur im Fasching! Papst Maulgott der Hohle konnte einfach nicht widerstehen, sich diesen Traum zu erfüllen im nächsten Leben.

Der Einzige freilich, der sich dann – aus purer Not – seiner erbarmte, spie ihn augenblicklich mit einem Fluche wieder aus.

Offenbar war die glorreiche Vergangenheit noch ein wenig herauszuschmecken ...

DIE FEE IM SCHNEE

Mitten im dichtesten Schnee
traf eine Fee ein junges Reh.

Dies blieb den beiden unvergesslich,
da es in jeder Hinsicht ***unermesslich***!

DIE ERNSTE KONSEQUENZ ODER

DER SPASSIGE SELBSTMORD

Prof. Sigisberto Ranftl nahm alles übertrieben und bitter ***ernst*** in seinem Leben, vor allem auch sich ***selbst***.

Was ihn immer mehr in ein scheinbar auswegloses Dilemma manövrierte, welches schließlich als letzte Konsequenz im Suizid mündete.

Zum Ausgleich für die Mühsal seines Lebens freilich, und um sich und der Welt zum Abschied zu beweisen, dass ihm Humor nicht **gänzlich** fremd war, auf eine höchst „spaßige" Weise:

Er stürzte sich, als **Pinguin** verkleidet, vom Turme jener Kirche, in der ihm einst die heilige Taufe widerfahren war ...

DAS ÜBERRASCHENDE GESCHÖPF

Ein überraschendes Geschöpf tauchte im Ballkleid bei Beerdigungen auf,
schnappte sich den Verstorbenen und verschwand mit ihm im Dauerlauf.

Doch den ***Zweck*** des Ganzen **auch** noch zu erfahren,
wäre ***gar*** zu überraschend und birgt daher Gefahren ...

DAS FATALE GEPLAPPER

Señor Benito Grünschelm plapperte sich ständig um Kopf und Kragen – sodass er natürlich längst beides verloren hatte.

Das Fatale dabei war nur, dass er dies in seiner Fabulierlust gar nicht merkte …

„BESCHWEREN SIE SICH!“

„Beschweren Sie sich ruhig über mich. Ich bin es gewohnt – und je mehr Kunden dies tun, desto besser für mein Image!“ Gewohnt heiter und gelassen reagierte der Tod auf die üblichen Beschimpfungen und Drohungen, als er Graf Sahnehengst Saulümmel heimsuchte.

Aber kaum hatte der ungeliebte Geselle sein Werk verrichtet und wieder Abschied genommen, tat es dem renitenten „Opfer“ auch schon leid und es rief ihm eine aufrichtige, herzliche Entschuldigung hinterher – und **schämte** sich richtiggehend dafür, wie töricht es doch gewesen war, ihn nicht gleich willkommen zu heißen.

„BESCHWEREN SIE SICH NICHT!“

„**Beschweren** Sie sich nicht, sonst gehen Sie hoffnungslos unter!“, rief die stets wohlmeinende Mrs. Agatha Greenkerl im Vorbeifahren Sir Vitus Staubfuß zu.

Doch genau dies entsprach offenbar der Absicht des Verzweifelten. Er hängte sich mit letzter Kraft einen Mühlstein um den Hals und stürzte sich hinab von der Brücke in den reißenden Fluss.

DIE HEILIGE ÜBERRASCHUNG

Ein heiliges Geschöpf überraschte Erzbischof Strudelbart Büffelhirn beim Bade und setzte sich ihm auf den Schoß. Er missverstand seine heiligen Absichten jedoch gründlich und jagte es in heiligem Zorn davon.

Da wurde er vom Heiligen Blitz getroffen und ersoff in der Wanne elendiglich.

DER SARG ALS BEICHTVATER

Tag für Tag nahm ein Sarg seiner Leiche die Beichte ab – er ***konnte*** einfach nicht anders.

War er doch im vorangegangenen Leben **Pfarrer** gewesen ...

DER SARG ALS BRAUTVATER

Liebevoll und bereitwilligst adoptierte ein Sarg eine herrenlose Leiche und gab ihr ein würdiges Zuhause.

Und als sie sich bald darauf mit einer Gefährtin vermählte, fühlte er sich bei der Hochzeit äußerst **geschmeichelt** in seiner Rolle als Brautvater.

Dass sie ihn in der Folge dann auch verließ, um bei der **Partnerin** einzuziehen, nahm er mit gütiger Gelassenheit: „***Ist*** halt einmal mit Kindern so!“

DER SARG ALS KINDERSCHRECK

Als pädagogisch überaus wertvolle Maßnahme pflegte ein Sarg vorzugsweise auf Kinderspielplätzen zu erscheinen.

Denn nicht nur seiner Ansicht nach konnte man nie **früh genug** beginnen, die Erdenbürger auf ihren ***finalen*** Zustand vorzubereiten!

DAS DURCHTRIEBENE GESCHÖPF

Ein durchtriebenes Geschöpf drehte sich ständig im Kreise – damit niemand erkennen konnte, wie es wirklich aussah.

Der Gipfel der Durchtriebenheit aber war: Am Ende wusste es dies selbst nicht mehr – und konnte daher endlich wieder beruhigt schlafen!

DER GÖTTLICHE TEUFEL

Mit großem Nachdruck berief sich ein Teufel fortwährend darauf, als Geschöpf Gottes letztlich ***selber*** von diesem abzustammen – und mithin gleichfalls göttlich zu sein.

Dank seiner enormen Überzeugungskraft setzte sich diese Auffassung rasch durch – er machte weltweit Karriere, genießt noch heute jede erdenkliche Förderung und wird allseits hofiert und verehrt.

Und das, obwohl er doch kaum je im ***selben*** Gewande auftritt ...

DER UNERBITTLICHE SARG

Unerbittlich teilte ein Sarg allen Bewerbern mit, dass er für sie vorerst ***nicht*** zur Verfügung stehe. Er müsse erst einmal mit sich ***selber*** ins Reine kommen.

So unerbittlich weise kann man wohl nur als Sarg sein!

DER WEISE SARG

Von früh bis spät übte ein Sarg sich in strikter Weisheit:

„Wenn ***ich*** dies nicht tue, wer dann?! – Denn wo die ***Menschen*** am Ende hingelangen mit ihrer ‚Weisheit', sieht man ja an mir und meinesgleichen!"

DER VIOLETTE MORD UND DER LILA LORD

Ein violetter Mord traf einen lila Lord an einem rosa Ort – und ging mit ihm auf ewig fort. Und dies ohne ein **einzig'** Wort!

Dergleichen gibt es wahrlich nur im **Sport**!

DER SARGLÜMMEL

Auf solch nachlässig-obszöne Weise lag Mrs. Mildred Schlauchmiller in ihrem Grabe, dass sie von den Gefährtinnen gerne als „Sarglümmel“ gehänselt wurde.

„Mir doch wurscht, wozu ***bin*** ich denn tot?!“, war stets die kaltschnäuzige Reaktion.

Und zum Beweise streckte sie jedem die Zunge entgegen, und schob noch eine weit anstößigere Geste nach …

DER MÄRCHENHAFTE SARG

Ein Sarg bot einfach alles, was man sich nur erträumen konnte: Ruhe, Frieden, Erholung, Geborgenheit, Abgeschiedenheit und absolute Diskretion.

Verständlich, dass er nicht allzu ***lange*** auf einen überaus treuen Dauergast zu warten brauchte.

Der obendrein noch völlig **mietfrei** bei ihm logiert ...

DER SARG ALS MÄRCHENTANTE

Seinem ihm ***voreilig*** anvertrauten „Patenkinde", Mrs. Peggy Ballmirl, gegenüber erwies ein Sarg sich, nachdem diese wieder zum Leben erwacht war, als solch geistreicher, **meisterlicher** Erzähler von Gutenachtgeschichten, dass sie sich liebend gerne eines Besseren besann, ihm fasziniert lauschte, verzückt und selig wieder einschlief – und bei ihm ***blieb***.

Und fortan nur noch „aufwachte", um sich an weiteren Einschlafgeschichten zu delektieren ...

DER PAPST ALS FROSCHKÖNIG

Um sich mit Weltoffenheit zu schmücken, und wohl auch, weil ihm die alleinige Regentschaft über die Christenheit längst monoton und langweilig geworden war, rief Papst Truthahn der Große sich auch zum Herrscher über die Frösche aus.

Da letztere aber offenbar von Natur aus weit skeptischer und kritischer gegenüber absolutistischen Machtansprüchen sind als ihre menschlichen Gefährten, weigerten sie sich rundweg, ihn als Oberhaupt zu akzeptieren, geschweige denn gar zu verehren oder anzubeten.

Da begnügte er sich damit, die Oberin des nächstgelegenen Klosters, Schwester Ildefonsa Blattlaus, zur „Prinzessin“ zu ernennen, sie dann durch erbärmliches, enervierendes abendliches Gequake an den Brunnen zu lotsen – und sich schließlich von **ihr** mittels „Erlösungskusses“ zum Froschkönig für eine Nacht erwecken zu lassen.

Es geht eben nichts über päpstliche Bescheidenheit ...

DER MODEBEWUSSTE SARG

Ein schneidiger Sarg verwechselte Mode- mit ***Selbst***bewusstsein. So war er zwar stets nach dem neuesten Stande gekleidet, dabei aber immer weniger als er ***selbst*** zu erkennen.

Und mittlerweile spaziert er gar als flottes **Mannequin** über den Laufsteg von Monsieur Armand Fliederschnabel, einem überaus gefragten Pariser Couturier.

Dies soll natürlich beileibe nicht heißen, dass **sämtliche** Pariser Vorführdamen ehemalige Särge seien – oder auch nur von solchen abstammen ...

Printed by Books on Demand GmbH, Norderstedt / Germany